산 숲길 걸으며

산 숲길 걸으며

2024년 9월 27일 초판 1쇄 인쇄 발행

지 은 이 | 조부선
펴 낸 이 | 박종래
펴 낸 곳 | 도서출판 명성서림

등록번호 | 301-2014-013
주　　소 | 04625 서울시 중구 필동로 6 (2, 3층)
대표전화 | 02)2277-2800
팩　　스 | 02)2277-8945
이 메 일 | msprint8944@naver.com

값 10,000원
ISBN 979-11-94200-27-7

조부선 시집

산 숲길 걸으며

도서
출판 **명성서림**

시인의 말

밝아오는 새벽길따라 움추려든 몸을 달래려고 운동을 시작하는 시간

일터로 향하는 자동차소리가 마음속에 즐거움으로 들릴때면 그래도 살아 숨쉬고 있다는 증거다. 오늘도 아침공기에 몸을 맡기고 산행보다는 평지를 걸으라는 의사 선생님의 권고에 강변길 걷고 싶은길을 걷는다.

매일 일기를 쓰듯 매일 밥을 챙겨먹듯 남은 여생을 서예를 익히며 치유하는 기분으로 하루를 펼쳐 보인다.

평생을 살아가면서 시집을 낸다는 꽃같은 생각이 있어서 졸필이지만 나름대로 엮어 보았다. 느낌을 적고 기후변화에 몸담고 사는 시간을 한권의 책에 담아보는게 소원이다.

가족의 행복을 함께 하는것이 인생의 복이려니 생각한다.

2024. 9. 가을이 물드는 날에
조 부 선

1장

매일 새싹이
나오는것 같이
바라보고 있다

봄이 오는 소리

봄기운이 맴도는
개울가에
버들강아지 희게 보이고
오늘
개울 물소리
봄을 재촉하듯
갈대숲을 흔드는구나

봄날에

아지랑이 피어오르는
양지 바른곳
나물캐는 아낙들
머리에 수건 두르고
봄바람에 입술 마르고
청명한 하늘엔
까치가 맴돌때
어디선가 들려오는소리
봄볕에 묻혀
따스함을 주려나
시간은 금새 흘러
쓸쓸한 바람과 함께
봄날은 저물어간다

3월 어느날

소양천 길을 걷고 싶은날
갈대숲에 숨어서 윙크하는 참새들과
이야기를 하고 싶었지

지난 가을에는 어느 논에서 즐겁게
지냈느냐고 묻고 싶었는데
서로들 빈둥거리면서
아카시아 나무사이로
몰려 다니며 나를 쳐다 보았지

한가로운 시간 자동차 크락숀 소리에
푸른 창공을 날으며
내일 만나자는그곳
잭쩩거리는 소리를 남기고 떠났지

봄 바람

해마다 틀려지는 봄 바람은
기력을 잃은 노인들에게
나물 향기 풍기는
들녘을 찾아가게 만든다

해거름 지나치는 들새들
오늘은 무엇이 바쁜지
소리없이 지나가고
바람결에 녹아나는 잔설에
흰 눈 사람 모양을 만든다

세월이 나를 따라가는것인지
내가 세월을 몰고 가는지
봄 바람에 손모아 기도 드린다

봄 기운

좁은 도랑에서 소리내는
봄기운 감도는 곳
마음을 비우고
그곳에 내가 서 있고
감사하는 마음을
들풀에게 전하리라

하늘에 떠 있는 구름을 보며
무사히 지나가는곳
비행기 굉음소리에
즐기는 여행객의
안녕하기를
오는 봄에게 전하리라

산숲길 걸으며

산 허리 돌고 돌아 가는곳
오솔길 만들어 놓았고
낙엽 밟히는 소리는 땅속깊이
봄 내음을 전하는구나

낙엽이 떨어진 계곡길따라
솔 향이 짙게 풍기는 숲속에
풀벌레 소리가 귓가에 맴돌고
해는 서산에 머무는구나

봄을 기다리는 마음

겨우내 앙상한 가지에
찬바람 불어들어
검게 만들고
옹고집스럽고 당돌하게도
추운 겨울 지냈는가 보다

잔설에 가지목은 마르고
태양볕 양지 바른곳엔
차가운 샘물
당차게 흐르는 계곡에도
봄을 기다리는 마음이 보인다

봄날 1

파란 옷을 입을 들판에
강남갔던 제비가 돌아와
모내기하는 논두렁을
휘돌아치면
햇살 웃음짓는 봄날에
농부들 땀을 씻는다

봄날 7

길가에 파릇한 새싹내음이
봄을 기다리는 그대를위해
오늘도 숨쉬며
태양을 바라보고 있구나

아침 저녁 영하의 날씨가
옷깃을 여미게 만드는 시간
그대는 태양의
뜨거움을 기다리고 있구나

싱그러움과 설레임 같이하는
그대의 마음엔 따스한 시간
오늘도 변함없이
하루종일 함께하고 있구나

꽃구경 가자

새봄이 왔다
어디서 부터가 시작인가
좋은 하루가 간다

이곳 저곳도
푸른빛을 간직하고 있다
청순함이 있다
세상은 붉은빛을 보인다

인생길 위에서

뒤 돌아 볼 시간없이
앞길만 보고 험준한 산골짝
샘물 찾아 떠나온 길
막다른 골목에선 하늘을 보며
생각에 잠길때면 삶의 길은
평탄치만은 않은 길이였다

바위있는곳은 돌아서 가 보았고
물 있는길은 덤벙거리기도 했고
뒤 돌아 본 인생길은
모두가같은 길이였다
남은 여생을 가는길은 평온하리라

바 람

연한 나뭇가지는
따뜻한 햇볕과 깨끗한 공기도
마시기전에
폭풍우 모진 바람에 꺾였으니
애처롭기 한이없네

비 바람 몰아친
어제밤엔 황사바람으로
온통 흐미해진 산길을
조심스레 잔가지 치우며
하루를 보내네

봄 눈

계절을 잊은 것은
나만이 느끼는것은 아니였네
나른함과 살살 녹는 눈
그리움이 찾아오는
오후시간에 졸음까지오네

들녁에 파릇함이 함께 할
아지랑이 꽃이필때
어린 가슴에 설레임이 다가오는 시간
봄 눈 녹듯 없어지는 아픔이
사라지길 하늘에 빌고 있네

산책길에서

봄바람에 웃음을 더하는
그대의 가슴에 꽃이 피었습니다

건강한 몸과 마음을
산속 깊은곳 동반자되여
꽃 향기 찾아 오르고 또 오릅니다

누구나 갈 수 있도록
오솔길은 터있고 그대의 웃음에
봄바람도 함께 걷고 있습니다

어디서 왔는지 모르지만
시원한 바람에 그리움을 더 합니다

꿈꾸는 봄

흰 눈송이 매화로 보이고
내리는 빗줄기는
흐르는 봄 계곡물 소리담아
어디론가 가고파서
높은산 뒤로하며
울며가는 겨울 강여울
꿈꾸는 봄을 찾아
산 기행을 벗 삼는다

계절 따라

계절 따라
여름은 온 몸이 더워서 울고
가을은 손시러워 움추리며
겨울엔 추워 찡그리며 살다
봄에는 나들이 가면서 웃자

약속 (축시)

떠오르는 태양을 바라봅니다
먼 하늘 뭉게구름을 헤치고
새날이 밝아옴을 알았습니다

먹구름이 태양을 가릴지라도
용기있는 삶은
하루 하루의 발걸음에
행복의 꽃다발이 안겨집니다

꽃과 나비가 되여 개화된 꽃밭에
한 원앙이 사랑을 품고
내사랑 영원히 간직합니다

뜻은 하늘에서 이룬것 같이
행복은 마음속에서 자라나는것
세월이 보약이 되듯
밝은날의 행운을 빕니다

산 그림자

봄에는
고사리가 웃고
여름엔
산새들이 웃고
가을에는
다람쥐가 웃고
겨울엔
아궁이가 웃는다
늦은밤
산채 비빔밥 먹는다

산을 오르며

자욱한 안개속을 헤쳐나가는
숲길의 외로움이
가슴에 와 닿는 순간
자연과 접함을 느끼게 하는구나

오가는 사람들의 건강을 위해
산새들 지저귐이 귓가에 맴도는 시간
자연의 숨결이 마음에 닿아
추운겨울을 맛보게 하는구나

시야를 가리는 산정상에서
심호흡을 하는 내마음이 세상을 접하고
더불어사는 세상임을
흐르는 강물위에 마음을 보여주는구나

2장

한낮의 더위는
모든 생명에게 즐거운
시간을 보내고 있다

벚꽃 길에서

연인들의 속삭임이
꽃속으로 마음을 숨길때면
향기에 취해 높은 하늘을 본다

세상은 내 뜻대로 되는것은
별로 없지만 마음만은 흡족했다

넓은 광야를 달리는 말처럼
행복에 겨운 꽃길이였으면
더 바랄것이 없는 현실이다

청설모와 고양이

이나무 저나무 넘나드는
이상한 친구를 고개가 아프도록
서로 눈을 마주치는 이른 새벽
오르기가 무서워
구경만 하고 있는 검은 고양이
소리를 죽여가며 행동을 주시한다

날렵한 몸치장에
하늘 한번 쳐다보고 오늘은
어느곳에서 친구를 만날까
잣송이 한입 물고 간

왜가리 날다

푸른 하늘 끝
보이는것은 높은구름
병풍에 그린 왜가리 처럼
양팔 벌려 모양새 잡으니
하늘나는 비행기 같다

뭉게 구름 끝
휠 휠 날아 구름 헤치고
소리 겹쳐 진 하늘 자리엔
왜가리 한마리 날고 있어
마음이 또한 편안하다

미세먼지 1

눈으로 볼 수 없어
온 몸으로 지탱하는날
숨소리 마져도 가파지고
농도가 짙은 하늘구름은
떠나가는 외로움에
숨쉬는 오솔길 도움을
한아름 받는다

미세먼지 2

하늘의 흐림은
악덕스런 중금속의 세계
미세바람의 반란
강바람의 혼란
먼지속의 생명유지
세상의 재앙이
눈을 가리고 있다

단비에 감사

길가에 풀 한포기도
사랑을 안고 태어났고
하늘의 고마운 빗줄기도
감사 할 줄 알았네

새벽별이 보이는 날
북서풍 불어오길 바라는
기도하는 마음에 감사하네

믿음으로 키워지는 그날
단비 내리는 오솔길에서
웃고 있는 그대가
행복해 보여 감사하네

강변로에서

푸른 강물이 흐르는 강변로에서
뜨거운 태양볕을 피해
오늘도 세월의 순서를 기다린다

강물에 비치는 물결에
물오리떼 숨바꼭질을 하며
재잘대는 소리속에 몸을 던진다

황포돛배 지나가는 길목에
수상스키 즐기는 마니아들이
물살을 가르며 세상을 펼친다

꽃길 잔치

파란 창공에 흩날리는
벚꽃잎이 눈송이로 보일때
사랑하는 님을 위한
설레임이 가슴에 와 닿고
그리움의 잔치였노라

길가에 꽃가루 모아놓고
조심스레 잡아보는 순간
사랑하는 마음으로
시공에서 느끼는 그리움이
행복의 잔치였노라

장마 3

하늘은 검게 변하고
내리는 빗줄기가
눈에 보이는 날
우산도 없이
자연 그대로
비를 맞는다

뛰놀던 어린시절
친구들과
길을 나섰다가
우산도 없이
비막도 없는 산속에서
갈팡 질팡하던
시절이 생각 나
오늘 실현해 본다

황사 바람

호흡을 멈출 수 없는 시간에
모두들 코를 막고
하늘의 황사바람을 바라보며
매년 찾아오는 행사같이
마스크하며 산책길을 나선다

한시라도 숨을 멈출 수 없는
가엾은 인생은 황색하늘이
누굴찾아오는지 짐작도 못하고
이리 저리 맴돌다 내게로온다

숨을 멈추면 죽음에 이르는 시간
노약자는 출타를 못하게하고
방구석 이곳 저곳에 황사 바람
스며들며 같이 숨쉬게 한다

자전거 3

씽씽 달리는 자전거길
은모래 유원지 그늘 아래
두다리 세상 편하게 뻗어보고
달리는 자전거 탄 차림새를 본다

두바퀴와 페달은 힘을 기르는것
너무 치장에 신경을 쓰지말자
분위기 좋고 생활이 편하면
한번 그림이라도 그려본다

밤 고양이

가로등 불빛 아래
검은 고양이 걸음을 멈춘다

불빛에 비치는 눈빛
광채가 나듯 살벌하게 본다

배고품에 애절한 소리
고통의 시간을 보내고 있다

길가는 고양이 모습
암내 내는 소리로 친구 부른다

흐 름

지난해 여름 지루한 장마
지난해 가을 가뭄의 갈증
지난해 겨울 축축한 기다림
올 봄의 따스한 포옹
사계절의 애절함이여
하느님의 뜻이였으리라
갈급함이여 돌아오라

민들레 홀씨

파란 하늘에
구름따라 올라가는 눈꽃
낙화산 타고
님따라 산너머 가네

비 오는 날

하루종일 마음으로 내린다
하루종일 마음을 비운다
하루종일 기다려본다
하루종일 어둠이 찾아온다
하루종일 마음이 졸고 있다
하루가 그냥간다

3장

즐거운 시간은
글을 쓰는 자에게
행복을
듬뿍 주고 간다

비 1

하늘에 구름이
마음마져도
흐리게 만드는 날
그대의 외로움을
산행하면서
자연에 돌려 보내네

우산에 떨어지는
빗소리에
장단 맞추어
발걸음 가볍게
하산하는 길

나리꽃 진달래
비소식 반기며
웃음을 보여주네

비 2

파란 잔디 위에 펼쳐지는
촉촉한 단비는 짙은 안개처럼
축복을 내려주고 있습니다

맞아도 좋고 숨쉬기조차 좋은날
갈증을 해소하는 고마운 비가
마음을 적시며 내리고 있습니다

봄이 지나고 장마가 오기전에
생동감 있는 푸르름을 여는순간
고마운 비가 내리고 있습니다

이슬비

잔잔한 한강물
이슬비가 도움이 되는지
샛강에 모인물이 흘러 내린다

어딘가를 가는지 몰라도
소리없는 이슬비는
옷깃에 스민 체온을
낮추며 행복을 느낀다

물소리 합창

시간이 가는것은 자유를 찾아
만끽하려 강변길 걷노라면
어딘가 들려오는 소리 정겹다

잔잔한 호수같은 강
여주보를 설치해 놓은 그곳에서
세월의 흐름을 느끼게하는
물소리가 가슴에 와 닿는다

소음 공해에 시달려온 도시
자연이 주는 물소리는
옛정이 그리워 흘러가는게
가슴에 함께하는 것이다

전철여행 2

일제치하때 생겨나
1972년 수여선이 끊어졌고
2016년 판교에서 경강선이 이어졌다

모양은 틀려도 레일을 타고가는
몸체는 많이 변하지 않았다

44년이라는 세월이 흐르고
7년에 걸친 터널공사로
쾌속감을 느끼는 수도권 진입
예상된 일지엔 세월을 지키는
유행선이 됐으면 한다

모기 1

촉수로 알 수 있는 기이한 몸
언제 와서 물었는지
아무도 몰라
아프고서야 알 수 있는
어둔한 몸은 인간이었더라

설 봉 산

설봉산이 호수속으로 잠긴다

도자 축제의 흥겨움도
잔잔한 호수 물결과 함께
오가는 사람들 숨소리에 잠든다

연륜이 깊은 도자 문화에
관심을 쏟는 사람들 틈에서
마음속 삼형제 바위를
생각하며 전설을 그려본다

빈 의자

누구를 기다리는 빈 의자
꼭 와야 할 사랑하는 사람
떨어지는 낙엽을 모으며
찬 바람을 가슴에 안고
기다리다 지쳐 검게 그을린
모습이 스스로 말하네

오늘 해 지기전 찾아오려나
문설주에 기대여 석양빛에
얼굴 붉히며 기다려보고
내일 새벽손님으로 두손 호호 불며
찾아올까 마음 조이고
어둠을 함께하며 지내네

하 루

간다면 가라하자
잡는다고 잡힌다냐
벽에 걸린 시계는
타종을 울리는 시간이다

북 (BOOK) 카페

푸른 강변
여주보 2 층에 위치한
쇼파에 앉아 글자를 익힌다

물 소리와 함께
은은히 퍼지는 음악
책장 넘기는 소리를 듣는다

강바람에 흔드는
단풍나무 손놀림
더위를 식혀 졸음이 온다

커피향 내음
사랑 이야기 책속에서
새 삶을 충전 시킨다

마음 꽃

손에 잡힐듯한 모습들은
거울 뒤에 숨고
떠 오르는 태양빛은
누구의 소원을 빌어주려고
새벽별 숨겨주고
나에게로 오는지
저기에 무언가를 찾아 다니는
나그네의 마음꽃을
사랑하는 이에게 한아름 갖다주는
아름다움을 전하리라

커피잔을 들고

추운날 손이 시러워
뜨거운 커피잔을 돌돌 돌리며
손가락 마디 마디에
온기를 더하는 따스함을
사랑하는 그대와
대화의 꽃을 전하는
커피향에 몸을 던진다

추운날 홍조띤 얼굴로
입이 얼어 말이 안 나올때면
그래도 , 갈색 커피로
몸을 녹여주는 고마움
그대 사랑하는 만큼 전한다

삼한사미

앙상한 나무숲 사이로
가렸던 집들이 보인다
한 여름 무더위속에 숨었던
그림같은 집이 보인다

그곳이 안식처인양 겨울은
쓸쓸하게만 느껴지는 오늘

삼한사미라는 미세먼지로
나흘동안은 집안에 있었으니
계절은 반 이상 흘러가고
흐르던 강물은 얼음잡힐 생각을
언제나 하려는지 잠잠하구나

시 간

시계는
쉬지않고
어딜 가는지
새벽 돌아온다

4장

차가운 강바람에도
포근한 인정이 스며들어
갈대숲을 이룬다

오리나무 숲

바스락 소리에 놀라고
먹구름 천둥소리에
숲속 발길을 멈추니
석양은 오리나무에 걸려
목메인 울음을 터트린다

붉은색이 잎사귀에 묻어나고
안개비 휘몰아 산기슭 돌때면
배고파 울고 있는
산비둘기 엄마 찾아
산넘어가며 날개를 접는다

정

미워도
그리우면
사랑하는 너
추억을 만든다

강천섬

조용한 그곳엔 물오리 낙원으로
소리질러 애인을 찾는 최고의 섬
주위를 돌면 2km 쯤 되는 그곳은
자연이 만들어 준 낙원같은 잔디밭

쑥부쟁이 꽃무리가 장관을 이루는
봄날을 기억하며 연인들의 사랑이
꽃피듯 정겨운 강천섬의 여유로움

잔디밭에 설치된 쌍그네를 타며
구름가는대로 세월가는대로 부담없이
즐길 수 있는 그곳 강천섬에 왔다

신륵사 풍경소리

앙상한 가지에서 품어내는
겨울소리가 물결과함께
신륵사 주변을 맴도는
풍경소리와 맞물려
좋은 화음으로
나그네 발걸음을 쉬게하네

물오리 소리 곁들여
구름지나는 바람소리는
흐르는 물결에 합하여
어느곳인가
떠나가 버리는 순간이네

먼 산 메아리가 다시 찾아오는
쌀쌀한 날 추억을 담고
떨어진 낙엽을 밟으면서
그리워하는 마음
젊은날을 회상하며 걷네

시골풍경 1

있을곳이 없어지고 있다
꼭 있어야 할곳이 없어졌다

논 밭이 없어지면서
그대가 서 있을곳이 없어진다
하늘로 올라 갈것도 아니고
땅으로 들어 갈것도 아니다

시골은 시골다워야 하는데
그대가 서 있을곳에 회색건물이
아무 생각없이 우두커니 서 있다
시골풍경이 변하고 있다

시골풍경 2

옛날 이야기 속으로 보았던
추억의 시골풍경을 머리속에
그림 그리듯 고을 고을마다
연기나던 시절을 그려본다

단초로히 자리잡고 있는 전원주택
욕심없이 살아가는 그곳에
삶의 테두리 사랑이 품어있어
시골이란 그 자체가 새롭다

시골풍경 3

인생사!
나이가 들면 고향을 찾는 습성
고달프고 그리워서 눈물 보이는
타향살이라는 서러움
봄기운 맴도는 시골길 뚝방
주섬 주섬 냉이캐는 아낙이 보이는
경칩날
봄바람 불어와도 춥지 않으리
냉한 겨울 보내는 따스한 마음
시골길가 민들레가 반기고 있구나

강물

백사장 길
잡초가 무성하고
언덕진 그곳에 들풀들 모여
강물 흐르는 강변
민들레 홀씨 하늘을 덮네

초록길
파란강물에 얼굴을 드리고
세월따라가는 강물속에
편안함을 위해
거울보니 주름살 보이네

거미와 나

다각형으로 만든 촘촘한 그물
천부적 거리감으로
알알이 만든 채에
내가 걸린다

그대 움직임을 감지하듯
숨어있던 떡잎에서
잽싸게 나와
그물을 확인한다

한바퀴 돌고 체념한듯
뜨거운 태양을 피해
나뭇잎 사이로
몸을 숨긴다

거미줄 1

새벽 안개가 낀 가로수길
건물에 늘어진 탄력있는 그것
약한 바람에도 출렁거리고
무언가를 잡기위해 밤 새도록
그물을 늘여 논 거미 한마리

접착이 유리한 건물 모서리며
길목을 어찌 알았는지 몰라도
바람결에 물어 체인망을 쳐놓고
나비나 잠자리 걸리는가 싶어
오늘도 해지는 저녁을 기다린다

코스모스 4

검은 나비가 꽃 찾아갈때
가을을 바라보는 들판
코스모스 춤추는 모습이다

추억 한순간을
푸른바다에 몸을 담고
바람결에
흰구름을 잡는구나

매년 느낌이 다른 길목에서
숨통이 터질까
조용히 낙엽지는
나무들과 소통하는구나

가을 낙엽

편지 한장
낙엽으로 덮고
세월 지나
구름속에 숨다

추 운 날

먼길을 떠나는 물오리떼
푸른 하늘에 그림을 그려놓고
정 떨어지는 슬픈 목소리로
끼욱 끼욱거리며 서쪽으로
뒤도 돌아보지않고 떠나간다

더 좋은 곳이 있나 싶어
맛나는 산천이 그리워서
한장의 편지를 남기고
넘어가는 석양빛 따라
뒤도 돌아보지않고 떠나간다

물 병

가득 채우기전에는 바람에도 흔들거리는
보잘것 없는 프라스틱 용기지만
그대의 생명수인 물을 담을땐
포부와 자부심에 우뚝 서 있는 모습은
달나라 가고싶은 아폴로 로켓 같구나

넘치도록 채워진 생명수는
자신의 초라함을 잊고 내일을 살아가는
혈관속의 친구가 되어
오늘도 빈컵의 기다림 속에
내일의 건강을 위해 건배하고 있구나

좋은 친구가 되어 약수터 기둥에
하나 둘 매달려 있는

영월루 2

잔설이 채 녹지않은
괴암 괴석사이로 놓여있는
위태로운 모습은
보는이의 가슴을 울려주고 있네

소나무 참나무
떨어진 낙엽이 나딩굴면서
서로 추운겨울을 어떻게 지낼까
생각하며 찬바람에게 물어보네

추운 겨울날 외로움을 달래려고
산책길을 혼자 이곳 저곳 점지하며
누각 주위를 맴도는
한 나그네 시상에
까치가 찾아와 동무하자네

강 바람

날리는 바람소리
다가오는 겨울 밤소리
길가는 사람들 신음소리
내일 아침에도
어김없이 찾아올 그 소리
강바람과 함께 꿈속이
망망대해 바다를 헤맨다
태양이 밝아 올 때까지....

강 바람 2

앙상한 나뭇가지 사이로
윙윙거리는 소리는
온몸의 열기를 빼앗아가고
낙엽을 한데 모은다

강둑에 떨어진 낙엽은
풀섶에 숨고
몇몇 철새들은 추운지
둥지를 튼다

수변공원옆 강 바람이
철새깃털 휘날리며
산 너머로 날아간다

들국화

산책길에서 나를 부른다
어딘가를 찾아헤매는
그대의 가슴에 보라빛
고개숙이며 청순함을 표한다

그대의 부름에 가슴 설레고
산골짝의 산새소리와
어우러지는 시간을 갖고싶어
시집가는 날을 기다린다

그대와 함께라면
무섭고 두려움없이 용기있는 삶을,
거친 풀밭을 헤집고
청순하게 피어있는 모습
우리도 그대와 오늘을 지내련다

5장

철새가
하늘을 날으는것도
그리움이
가슴에 있기 때문이다

눈 내리는 그곳

연일 내리는 눈속에서
봄을 기다리는 마음은
평안 하리라

시공을 넘나드는
전철역 앞에서
백화송이 만들고
오가는 사람들 속으로
행복을 전하는
전령사가 되리라

깊은 잠에서 깨어 난
개구리 같이
창공을 뛰어넘는
힘찬 용기가
눈 오는날 아침
내 몸 날려 살아가리라

겨울 나그네

앙상한 가지마다
마디 끊기는 찬공기가
강변길 따라
산너머 조용한 양지말로 간다

구름을 한아름 안고
빛 모아 새싹 키우는
밭두렁에 봄소식 전하러 간다

따스한 훈풍을 느끼는
오후시간 겨울 나그네 걸음
정원 긴의자에 춘곤증 잡아온다

겨울 산행

양지 바른곳엔 눈이 없고
산새들 종알거리는 풀섶에서
무언가 움직이는걸 보았네

봄이 오는소리 땅속 깊은곳
흐르는 물줄기 멎게하고
따스한 태양빛에 감아보는 순간
그 속삭임을 느꼈네

매서운 추위는 어디로 갔는지
빨간 등산복을 입은
젊은 연인이 봄소리 들으러
깊은 골짜기에 울림에
더욱 정겨움을 느끼고 있네

동장군

봄이 오기전에
손을 호호부는 아기손
물러가라하네

내 젓는 아기손에
눈물 흘리고 있는 동장군
엄마품에 손넣고나서
윙크하며 웃고있네

추위야 물러가라
우리 아기손 얼고 있네

눈길 2

온 천지 하얗게 만든 새벽
남이 먼저 밟을쎄라
더럽히기 전에 내가 먼저
사랑의 청순함을 찍으러
현관문을 나선다

깨끗한 발로 국화도 찍고
손으로 하트도 만들며
사랑하는 그대에게
백합을 만들어 드리리라

눈 내리는 날

앙상한 가지를 살찌우고
추위에 떨고있는 잎사귀
덮은 흰이불 모습이 포근하다

눈 내리는 날
새벽 햇빛을 반기며
사람들의 깨끗한 마음이
하늘 구름속으로 숨는다

두고 두고 생각해 봐도

두고 두고 생각해 봐도
그게 아닌데 그러면 안되는데
자꾸만 생각이 나는것은

낙엽이 떨어져 울고 있는것이
슬퍼서 그러는줄 알면서도

두고 두고 생각해 봐도
눈이 내리는것이 눈에서 나는 눈물과
합쳐졌나 싶어 다시생각하니, 사는게
힘이 들어서 그러는것을 알면서도

두고 두고 생각해 봐도
긴 겨울이 봄 여름 가을을
함께 몰고오며, 쓸쓸히 서 있는
소나무에게 이야기하는걸 알면서도

겨울나기

찬바람이 가슴으로 오면
따스한 마음으로 받자

맹추위가 소식도 없이 오면
잘 왔다고 반기자

꽁꽁 논에 얼음이 얼어지면
썰매타기 좋다고 하자

겨울을 춥다고 느끼면
몸은 더 추워지는것이다

매년 격는 추위쯤
즐기며 새봄을 기다리자

겨울 소리

칼바람 같은 소리 울음에 떨린다
봄을 생각하며
새벽길을 나서는 어둠
마음까지도 설레임 소리속에서
느낌을 간직하는 추운날

방한복 입고 눈만 내뵈는
무장한 모습은
동녁하늘의 여명 찾아
오늘도 기러기 나는곳으로
발길을 돌린다

봄이오길 기다리며
칼바람 같은 소리 울음에 울고 있다

겨 울

찬바람
가슴속에
머무는 시간
봄이 찾아온다

겨울 바람

하늘이 맑은것은 미세먼지가
어디론가 사라지고
북서풍 바람이 가는곳이 그곳
언덕넘어 논 밭길 걸어간다

앙상한 가지마다 숨은 쉬고
조용한 논길 밖에서는
철새들의 노랫소리가 들린다

세상은 즐거움이 가득한 그곳
들꽃들이 즐비한 밭길
마음이 그런곳에 머물고

6장

매듭은 풀기위해 있고
풀어진 매듭은
언제나
기다림속에 살아간다

사랑은 1

찬 겨울 매서운 바람이 불어와도
우린 당신을 사랑하는만큼
봄을 기다리며 미소를 보낸다

찬 유리창에 성애가 잔뜩 서려도
우린 입맞춤으로 하트를 만들고
돌아올 당신을 기다린다

서산에 해가지니 차가운겨울바람이
당신 마음에 따스함을 전하려고
사랑은 당신을 기다린다

맹 세

우린 세상을 그렇게는 안 살았네
우린 하루를 즐기면서
우린 한달을 신나게 살아 보았네

모두가 내 세상 같았고
하루를 백번 세면 지나갔고
세월을 잡지 못해 놓쳐버린 나이
모든걸 접고
그러러니 생각하며 오늘을 살았네

사랑의 창

창문을 열어놓고
꼼짝없는 유리창에
그대를 그려 넣어라

양팔을 묶은채로
사랑의 노래를 들려주자
영원한 사랑을
그대에게 아낌없이 바치는
오늘바보가 되리라 생각하며
그대를 유리창에 묶는다

맑은 유리창에 하트 그리며
앞뒤를 보좌하며 그대의
가는길을 넓혀드리오리다

연리지 사랑

서로를 믿으며
세월의 지나감을
즐거움으로
보답하는 연리목

미움을 감싸고
시간이 지나감을
그리움으로
살아가는 연리목

사랑하기에
같이 살아가며
시간들을 모으는
연리지 사랑

사랑 3

그대 그림자 뒤에서
두손 모아 기도하는 모습
행복과 건강을 비는
곱디고운 마음이 찾아 온
사랑의 표정임을 알린다

사랑 구름

연인의 마음속에
사무치는 그 순간을
잊을 수 없기에
그대는
오늘도 해지는
서녘 하늘에
뭉게 구름이
만들어 놓은
사랑 찾아 헤매고 있다

우리는 친구

아침 해가 어김없이
떠 오르는 그날에 우리는
건강한 모습으로 직장을 간다

분주한 생활속에서
서로가 보호막이 되여
즐거움을 생각하며 먼길을 간다

어둠이 깔리는 저녁엔
하루의 피곤함을 가슴에 안고
안락한 보금자리로 모두 모인다

산 4

언젠가 오르면 끝이 보이는 곳

정상을 향해 땀흘리며 가는것이
우리의 인생살이처럼
흐린날 밝은날 모두 헤치며
살아가는 개미같은 인생

언젠가 떨어지는 낙엽처럼
일상의 모든것을 내려놓는 여유로움
하루 하루 살아가는 구름같이
이 땅에 행복을 내려주리라

산 아래 사는 모든이 에게로

걷고 싶은 길 2

한걸음 두걸음
내딛는 그길에 서서
풀섶에서 울어대는
풀무치 소리를 듣는다

자연과 함께
장단맞춰 걸어가는 길
그길에 서서
옛친구 생각나 마음을 잡는다

한걸음 두걸음
건강하게 걷고 있는
나는 오늘도
하루 하루를 즐기며 산다

걷고 싶은 길 3

강건너 걷고싶은 길에
개나리 만개하고

노오란 울타리 밑에
고양이 한마리

팔자좋게 두다리 벌리고
꿈속을 헤매고 있었다

삶

세상은
더러운 물
깨끗한 샘물
함께 흘러간다

용마상

어딘가 응시하며
가고싶은 곳을
지금 당장이라도
용맹스럽게
헤쳐 가리라
꿈을 향해......

마음 속으로

시간이 흘러간다는것은
눈으로 보이지는 않지만
들꽃의 시드름과 낙엽의 조화에
슬픈 마음이 생긴다

세상에 사는동안은
매일 매일 뉴스마다
운명을 달리하는 사람들이
미련을 안고 이승을 떠나는
소식을 들을적마다
마음속으로 슬픔이 생긴다

만두

구름따라 가는 인생
만두 몇개 만들어
그대와 나의 만찬을 만들어보세
어둠이 오기전에
소꿉장난하듯 조물 조물 만들어
너 입 하나 나 입 하나
나눠 먹고 살고 지고
나눠 먹고 놀고 자고
나눠 먹고 웃고 살자

희망으로

사랑했기에 미워할 수 있고
그리움이 마음에 와 닿을때
그대는 꼭 이루어지는 시간을
기다리며 오늘을 산다

찾아갈 곳이 있기에 즐겁고
그곳에서 꼭 이루어지는 결과를
차가운 바람을 맞으며
좁은길을 헤쳐 나가면서 산다

초목은 움직일 수 없어도
그대의 사랑하는 마음은
이심전심으로 해지는 서쪽하늘에
홍조띤 모습으로 빙그레 웃으며
내일의 즐거움을 기다리며 산다

잡초 인생

그길도 길이였기에
누구나 한번은
즈려밟고 가고 싶은 마음
없는것이 너무많아
생각하기 싫고
그냥 잡초가 있는 들판에
몸을 던져 살아 보련다

날이 밝으면 밝은 대로
살아도 보고
희망의 끈을 잡고 싶은 심정
인생의 흐름대로
살아가고 있는 그곳
잡초가 자라고 있는 들판에
몸 던져봄이 어떤가

강물처럼

편안히 흐르는 강물 모습
세찬 물살은 없어진지 오래
4대강 사업으로 보 만들어
유유히 마음을 달래며 흐른다

세상 모든 역경 이겨내고
내 마음 편안한것 처럼
나를 닮아서 그런가보다
흐르는 강물처럼 바다로 가자

고 향

고향이
있다는것 만으로도
귓가에 들리는
어린시절의 모습
가슴속에 담고있는
마음은
내고향 품속이
그리움이다

길

가는길이 험해도
가슴에 느끼는 고단함이
편안하면 족하리라

풍족한 재물이 있어도
쓰지 못하고 간직하거늘
마음이 가난함을 헤아니지 못하고
평생을 어둡게 살으리라

좋은세상 더불어 살고
천만가지 여유로움이
마음에 있음을 간직하리라

느 림

한걸음
두걸음
누구도 느낄 수 없는 보행
시대적
급행문화
서두름의 시행착오 행보
누구도
인정하는 순리
급히 걸으면 넘어지는
그대와 나는
느린방식으로
큰길보다는 숲길을 가련다